エンプティチェア

滝本政博詩集

土曜美術社出版販売

詩集　エンプティチェア＊目次

I

Ⅱ

詩集　エンプティチェア

I

エンプティチェア

テーブルには二脚の椅子があり
その一つに座っている
対面する椅子には誰もいない
何処にいるのだろう
椅子に座る人は
誰かのベッドに入り込んでいたり
ひとりで町を歩いているのか

椅子に座ってわたしは待つ

何処にいるのだろう
わたしの周りから消えていった人たち
みんな最後には何処かに行ってしまう

あの人　と　よべる人が一人いて
今でもわたしを悩ませる
はるか遠い昔に
別れた人だ
何処にいるのだろう

あの人を椅子に座らせて　対面する
言わなければいけない言葉があった
はずだ　遠い昔　あの時
いまでもなかなか言葉になってくれないが

どうか幸せであるようにと願うばかりだ
眠りから覚めても自分が自分であることの不思議
何処にいるのだろう
わたしはずっと愚かなままだ
いつのまにか時は過ぎ
またこの椅子に座っている

流されてゆく

十月の海に一脚の椅子が浮かんでいる
わたしが想像のなかで海に投げ込んだ椅子だ
白い衣装の海鳥が空で輪を描く
ふらここ　ふらここ　ふらここ
座る人のない椅子は流れてゆく

十月の海にわたしも浮かべてみようか
波は冷たくわたしは溺れぎみだ
海の中では上下左右がわからない

わたしはでたらめに騒がしく腕や足で藻掻く
どかどか五月蝿い楽隊だ
どかどか海水を飲んでいる
沈みかけて椅子にしがみつく
なんとかバランスをとって座ってみる
椅子は水没し　わたしは上半身で流れてゆく

ふらここ　ふらここ　ふらここ
わたしと椅子は一心同体
大波小波をやりすごして
はてさて
何処に流れつくものやら

もし生きてここから抜け出すことができたなら

わたしは恋をしよう
いい娘をみつけよう
宝くじに当たって家を買おう
小高い丘のアトリエで暮らそう
そこで一枚の絵をかくのさ
ふらここ　ふらここ　ふらここ
十月の海に椅子が一脚浮かんでいる

雷鳴

都心のラブホテルから
二人で歩き出したとき
トラックの運転手がわたしたちを見て汚い野次を飛ばした
あなたはそれに反応して叫んだ
それがいま印象的な思い出として蘇る

二人は高校を卒業したばかりだった
暮れかかる夕景
蛇行する雑踏にあなたは色づき

なんと言ったのか
あのとき
未来さえも
貫き変えてしまう叫び
その後　わたしが幾度となく立ち戻ることになるその一点

あるいは　わたしたち二人が　浴びた　雷鳴であったか
味わいつくした夏の終わり
あなたは薄く汗を着て
何もかもが　通り過ぎる
ずっと手前にいた
わたしたちはそこにいた

あなたは叫んだのだ

それは力
それは痛み
何度でもそこへ戻ってゆく

百花

少女から大人に咲き初《そ》める季節
乳房は張り
吐息はほのかに匂う
甘い香り
あなたが一斉に咲き溢れる
あの町に　この町に

体を壊し入院していたわたしに
竜胆をくれたね

花の名前をひとつ覚えた
一緒に藤の花棚も見に行った

僕らは小川の縁に並んで座り
流れる水に脚を突っ込んで
お話をした
ヒソヒソ　ヒソヒソ
お話をした
それからあなたの匂いを確かめた
oh!　レディー　パレードの音がした

麗しい谷間の百合
黒薔薇
気まぐれな空の下

青いか　赤いのか　紫陽花
向日葵は太陽に向かい発火する燐寸
群雲の濃紫　野に散れ
ひととき風に吹かれて再び空へ
シクラメン　あなたの眠りがよく香りますように
気がつけば不透明な花弁の白がベッドで呼吸する

わたしの生活を彩ってくれた
折々の季節に
あなたは色づき
さまざまな花を咲かせ
二人は体を合わせた

わたしは聞く　目で

わたしは味わう　耳で
わたしは眠れない　あなたの唇で
その絶え間なくわたしに触れるおしゃべりで
あなたの言葉には羽があり
わたしの周りを飛び交い囁く
ぶんぶんと酔っぱらった蜂のように悩ましい

よくある話であるが
我が事であれば苦しいし
悲しかった
あの日
喫茶店で二人は向かい合い
次の言葉は長い沈黙となった
よくない予感は足元に蹲った

煙草の煙など吐きだした
（わかっている　わかっている）
と　思ったものだが　後になり
何もわかっていなかったことに気がついた

キョウチクトウ　ニチニチソウ　チョウセンアサガオ
ヒガンバナ　フクジュソウ　トリカブト
頭は芯まで痺れ
二進も三進も
何も考えられない
致し方なし

爛漫にふりそそぐ陽光
混じりけのない

だが壊れやすい感情
颪が揺らす色彩

チューリップ　ダリア　サフラン
スズラン　スイセン　アネモネ　パンジー
カーネーション　ライラック　ヒヤシンス

色づき
香り
あなたは花であった
季節の中で裸であり
至るところで咲き誇った

谷へ降りてゆく

彼女は持つ
花を　花に似た眉目姿を
その花が育ってゆく時間を
温かい自嘲を　揺れるブランコを
隠している本当の名前を
潮の満ち干を
握り拳の中にあるものを
下降と上昇と停滞を繰り返す不思議な涙を

彼女のことがわからない
そこが魅力
近づこうと重なり合ってみるが　遠くにいる人
少し歩かないとね
その前に煙草を一本　いや　二、三本
その後で　彼女の谷へと降りてゆく
わたしと違うところを盗掘
その美点　焰の財宝
こんなに惹かれている
触れられない熱さ眩しさに手を翳している

彼女は持つ
扇を　形よく開く足を
曲線に沿ってこんもりと茂った森に隠れている小鳥や獣を

誕生日と育ってきた日々を
（外は晴れていました　雨が降っていました　大風でした）
鳥籠に閉じ込めた黒猫を
首輪をつけて飼いならした不機嫌を
彼女はオレンジのように青ざめて
腐ってゆくマンゴーのようによい香り
彼女の秘密を夜のランプが照らす
甲虫がそれを食い破り秘密は散り散りとなる

賛歌

約束の海辺で
打ち寄せる波は足を舐める
夏が来た
雨に煙る向こう側からやってきた

陽光の詩を歌え
太陽の賛歌を
見上げれば青空

砂浜に
へこんだ　お尻の跡を残し　あなたは
青の轟音に追い立てられるように海に入ってゆく

大波　小波
浮かんで　沈んで

波が寝返りを打って
あなたを巻き込み岸に運ぶ
水中に潜りあらがえば
舞い上がる砂にまみれる

海は太古からのスープ
巨獣がいた　鯨がいた

貝や生物　魚を飲み込んで溶かし込んで
海は寒暖を繰り返し　泡立った

沖まで泳いでゆく
仰向けに海に浮かぶあなた
太陽に照らされて
瞼を閉じれば
世界は赤く染まる

何処にいるのですか

何処にもいない人を捜している
その人に逢ったならば
まず謝ってしまおう
わたしのした悪いことすべてを

泣いてしまうかもしれない
こんなに歳をとっても
昔の事がわたしを引き裂く
もう　おきてしまった

恥ずかしきことの数々
なかったことには出来ない

その人にならば話すことが出来る
誰にも内緒で話せなかったこと
若かったでは済まないことや
あれや　これや

悪いことばかりではない
夢の残滓や
まだ消え残る胸の中の熾火
語りたいことはある

聞いてください

何処にもいない人よ
もう逢うこともないわたしのあの人のことを

何処にもいない人を捜している
そしてあなた　そしてあなたを
やり直すべき経験などない
すべてはおきてしまった

あなたのために

失った出会いのために
なくした夜のために
いくつかの場面と
いくつかの後ろ姿のために
届かない距離のために
ひとりベッドで眠るあなた
白い部屋　蒼ざめた横顔
あなたの家までの坂の多い道を
天までの長い道のりを行く

あなたを乗せた船が出航する
電車に乗るあなた
もう上空の雲の中だ
自動車は高速道路を行く
急がねばならない
ようこそ　海の底へ
海の庭で揺られているあなた

光あれ
あなたの胸のドアをノックする
過去
現在
未来

それぞれの時に
閉ざされた扉の前に立ち

あなた
への字に結んだ赤い唇
わたしの胸に伸ばされる手
持ち上げられた二の腕
支えられた乳房
黒髪は夜へ流れてゆく

時は泡沫に飾られ盲目的に過ぎてゆく
戸棚に深くしまいこまれた歌のかずかず
あなたのためにうたおう
いま時が満ち名付けられるもの

恋人と呼ばせておくれ

逢えない日々
二人の間を飛び交う鳥
揺れる振り子の往復書簡
嘴に花をくわえわたしにたどり着く
遥かなる空の呼び声

あなたの家までの坂の多い道を
天までの長い道のりを行く
風見鶏は見るだろうか
歩いているわたしを
cock-a-doodle-doo
夜が明けるとき

あなたはわたしの隣にいるのだろうか

あなたが瞼を開けば
空と地は再び繋がりだす
まっさらな空に鳥が飛び署名する
素っ裸の直立した朝がそこにある

窓という窓を開けよう
カーテンを引け
光あれ
あなたをしっかりと見るために
あなたに到達したのだ
あなたを失うことが出来ない
ここで抱きしめる

あなたのために
出来ることなら
ただあなたのために

出奔《しゅっぽん》

衣装を剝ぎ取られた朝
光射すその場所に　わたしはいた
あなたが　そこにいたからには
鳥達は今日も空で生きる
わたしたちは　あなたは　笑うだろうか
野辺に咲く花のように香るのだろうか

季節の風を身に纏う芳しいあなたと
野茨の靴で戸外へと歩き出す

幾多の昼と夜を越えて
地の輪郭に沿って　隆起の丘を越えて
窪みに踏み込み　森をぬけ　小川を渡り
途中までしか書かれていない小説のような　開かれた頁の上を進む

夕焼けを飲み込み
半開きの空が閉じてゆく
太陽が最後の瞬きをする
二人を摑み揺さぶる明暗
ひととき山裾を燃やして空は暮れてゆく

夜を歩いてゆく
今日の公演はお終いと劇場のカーテンを引き
人々が犬とともに眠りについたその後で

川に沿って海までゆこう
海はいいね
眠る海の胸はさざ波
海の底冷え　風はぴいぷうだ

渚　足を水に浸し
あふれ　胸を張るものを前に
注ぎ足そう千粒の涙を
幾億粒の砂より掘り出そう
わたしたちの叫びを

元気よく手をふって歩いてゆこう
唇には歌を
夏の歌を唄え　冬の歌を唄え

ここにわたしはいる　あなたの傍にいる
春　雲は胸のあたり　半身を出し淡い色彩を歩く
夏　天衣無縫　二人はいまだ物語の始まるずっと手前にいる
秋　絡まる橙と青の静脈の毛糸　ほころびてゆくとき
冬　狼の横顔　馬の尻　あなたの歩く影に雪が降る

二人は旅人
空の下　地平の彼方からやってきた
わたしたちのことは忘れていい
遠くまだ見ぬところへ歩いてゆくのです
空の下で眠り　空の下で起きる
二人は夢をみる　大抵は悪夢を
でも　ときおり　美しいものがちらりと見えたりするのだ

空の下

いつだって空の下にいた
さまざまな季節の
刻々と色を変える
空の下に
空の下で食べ
あそび
夜は
その下で眠った

みずいろ　せいじ　あお　あさぎ　ぐんじょう　こんぺき
つゆくさに　あい

空からは
水　食物　光
日々の暮らしに必要なこまごまとしたもの
静かに育ちつつあるものの糧となる
あらゆるものが降り
その水を飲み
身体を洗った
ときには上を見て口を開けた

きはだ　あけぼの　すみれ　もも
しゅにまじわって　むらさきべんがら

黒い幹に薄紅の花が咲いたとき
後ろにはくっきりと青い空
あるいは墨染灰汁色《あくいろ》であったか

あなたと歩いた川沿いの風景を見ている
半袖のワンピースを
小さな飾りの付いた帽子を
その場所にいる
あなたは逃げ出したいと思ったのだ
化粧の匂いがわかる
それほど近くにいる

やまぶき　うぐいす　つばめはとぶか

りきゅうちゃ　わらいろ　ろくしょう　ぞうげ

変わる季節の
さまざまな空の下
空から降るものに包まれ

あなたは電車に乗る
十代に見えてしまうと感じたのは
茶のベルベットと明るいコートのせいだろうか
わたしを友人に紹介するのだという
いつもと違う口紅の色を覚えている
車窓には暮れようとする空が鈍く金色に輝いていた

あなたを読む

あなたを読む
目を　胸を　窪みを
温度を　成分を
何で出来ていて
何が書かれているのかを

あなたを聞く
春の日に
風の吹く草原で

あなたが広がるとき
どんな音楽を奏でるのか
あなたの肩越しに日が落ちる時
どんな鳥が鳴くのか

あなたは熱と液体で出来ており
さざ波がそれを包む
スカートの中で猫を飼う
収穫の秋には子供を産む
あなたによく似た子供を

あなたを読む
その物語を
間違えることのないよう

日差しの中で
よく見える所で
あなたが何処から来て何者であるかを

あなたを聞く
あなたが歌う時
遠い記憶を
繰り返し　繰り返し　歌われてきた歌を

大地の児

何処に落ち着こうということもなく
おろおろと彷徨い
歩いた
花が咲き花は散った
星の下で眠り空の下で起きた
誰が俺の胸の内を知るだろう
友もなく一人で歩いた

夢の中で何度もおまえを抱きしめた

吹きすさぶ風を抱くように

一緒に暮らしはじめた日々は
詩のような歌のような毎日だった
だが俺は家庭向きではなかった

旅の中に倒れ
鳥となり戻った
俺は空に解き放たれた
気づいていてくれるかい
おまえの上を舞う

いとしい人よ
風の中に立つ大地の児よ

俺はおまえが好きで好き
太古の昔から

犬の耳臭う闇に

リンドンと雪が降る
行き場のない二人ならば
ずっとこのまま歩いていよう
街の灯さえないこの道を
地団駄踏んで
歩いて行こう

熱い身をスプーンのように重ねて
どこか片隅で眠ろうか

入り組んだ地下道のようなところで
珈琲とミルクのように混ざり合う
真っ白な息を吐いて

赤い目ウサギ　あなたの目から
悲しい水が出ませんように
頭の中で幾度も回した
大切なフィルム
青空の奥で揺れるブランコ
あなたは漕ぐ
わたしは背を押す
繰り返し　繰り返し

地団駄踏んで

歩いて行こう
リンドンと雪の降る街を
かすかに聞こえる楽隊の音楽
郷愁のマーチングバンド
それに被さる遠吠え
心のずっと深いところで
犬が吠えている

さようならがいえない

静かに目を閉じ眠りが訪れるのを待っている
あなたが質量を持っていたように
眠りも重さを持ち深い所まで落としてくれる
空の高みまで落ちて行くのか

眠りは暖かい
あなたのように

おやすみ　わたしの愛した人よ

懐かしきことの数々が
瞼の内に解き放たれる

わたしたちは野球をしたね
市営第二グラウンドの歓声
突然降りだした雨の匂い
何もかもがきらきらと輝き
試合が終わればビールを飲んだ
記念切手のような真夏の午後だ

静かに目を閉じ眠りが訪れるのを待っている
眠りのシャボンが弾ける
繰り返し手を振り別れた後で
再び二人で歩いていることも

夢の中では不思議ではない
何度でも汽車は出発する
さようならがいえない

秋桜の咲く操車場で
さようならの準備をしよう
入念な用意がなければお別れなどできないのだ

船乗りの恋唄

窓は脚を開き
瞼は脚を開き
扇に脚を開き
風に吹かれて
めくれた絨毯
裸足の想い出
夏は脚を開き
地球はまわる

放り投げてください
あなたの空へ
暗部のないラピスラズリの高みへ
季節が巡り葉が落ちるようにわたしは裸
投げられた小石のようにあなたに溺れる
夜になれば
降り積もる闇から錨を引き上げよう
暗い港を船出する
満ちてくる血潮　光への憧憬
もう取り返しはつかない
良いことも悪いことも
ようそろ

船はゆく　あなたの海を
さらに夜も更ければわたしは眠れないので
ただ海の広がりを感じるだろう
いまは航海する船でありつづけよう

さようなら子供たち

人が突然いなくなった
空き家　雑然とした部屋に
広げ　置かれた　絵本
いなくなった子供は
絵本の迷路に迷い込んだのだろうか
いつまでも子供のまま
もう戻ることはないのか
誰か　ベージを　捲ってください
子供たちの物語を読んでください

夜になっても灯のつかない窓
朝になって陽が差せば
絵本は元の場所で
同じページを広げている

子供は絵本の中を走り抜けたのだろうか
子供は　何処に　いるのですか

子供たちは汚染された草の原に立ちつくす
そして　我々の乗った列車を見送ったのだ
我々は逃げ場のない場所から
さらに逃げてゆくのだ

また会おうね

眠っている君の背中に
何層にも雪が降り積もる
思い出なら沢山ある
春になったらまた会おうね

いつか会おうね
冷たい雪がいま降っている
愛の上に愛を重ね冷たい雪が降っている
いまは静かにおやすみなさい

空のてっぺんの深いところから
雪は煤けた街に舞い降りる
砲弾が齧り取った壁や瓦礫を白く染めて
そして銃弾に倒れた君の背中に
雪はその形に合わせて積もってゆく

君の声を返してほしい
君の世界を返してほしい

銃声が鳴り響いている
途絶えることなく痛みはつづいている

思い出なら沢山ある

春になったらまた会おうね
雪が解けて花が咲いたら
君は駆けてくる
君は走る子
頰を染めて風をきって
君は笑う子
君は歌う子
麗らかな声
晴れやかな空の下

Ⅱ

銃声

森の中に三人の子供がいる。

それぞれが背中をそれぞれの木にもたせかけている。

少女がカバンから取り出したパン、チーズ、リンゴを切りわけ、近づいてきた二人の少年の世話をやく。ワインも一瓶ある。

そこに銃声が鳴る。

食料をカバンに戻そうとしていた少女は、猟犬を従えた兵隊に捕まってしまう。

倒れたワインの瓶から赤い液体がこぼれる。

二人の少年は追い詰められ、高い崖の上。
近づいてくる犬や兵隊の気配に兄が飛び降りる。
弟も見つかりそうになり、とうとう飛び降りた。
だが、足を折るか挫いたようだ。
少年らは見つめあうが、どうしようもない事を知る。
そこに銃声が鳴る。

兄と弟の幽霊が歩いて行く。
「お兄ちゃん」と声をかけたりするが、
兄はその存在に気付いていない。
弟は脚を引きずりだんだん遅れて行く。

三人の子供がいる。一人の少女と二人の少年。
白い布で目隠しをされ、壁の前に立たされている。

間隔をおいて立っている銃を持った兵隊。
そこに銃声が鳴る。
指揮官らしき者が近づき、倒れている子供らを立たせる。
再び銃声が鳴る。
再び子供たちは倒れる。
以下その繰り返し。

Summertime

裏焼されたフィルムの汽車に乗りこめば初夏の風がふく。
着色された景色はパーフォレーション[*1]で運ばれて行く。
本を読んでいる振りをしている。
眩しくてたまらない。
血は流れ綿花畑はすくすく育つ。

Summertime, and the living is easy[*2] ——
（夏になって　暮らしは穏やか）

子守唄よ　殺された子供たちが走る
草原よ、
靴の中の砂　靴下の中の砂よ、
そして　刈り取られた小さな足。
誰の手で。

靴の山　歯と爪の堆積物　さらにその下にも——
よく匂う唾で磨かれた窓を閉じれば、
傍観者にだけ許された赤面の荒野が広がる。

＊1　パーフォレーションとは
抜き穴。用紙のミシン目や切り取り点線、切手の目打ち穴、フィルムの縁にある穴など。
＊2　Summertime, and the living is easy ——
作詞デュボーズ・ヘイワード、作曲ジョージ・ガーシュウィンの「Summertime」の冒頭部分。

輪郭線のあなたへ

ま、いろいろありまして　　　　工場はどこもパイプだらけ
俺はまだ立ち直っていない　　温いパイプを探し腰かけ暖を取る
だが　もう一度やり直すとしても　　投げやりに仕事をこなす
どのみち間違うことだろう　　　本業はちんけな泥棒で
鳥がしきりに飛ぶように　　　そこかしこちょろまかす
そのように出来ているのだ
　　　　　　　　　　　　　　　大笑い
輪郭線のあなたへ　　　　　チンピラに殴られて
あなたの形をトレースする　　　唇の端が切れた

下手なクロッキーのように　　でも会社は休めない
荒いタッチになってしまうが　　工場で粉だらけ風に吹かれたい

あなたの中で雲雀が舞い上がる　　隠れて眠る夜勤のサボリは
空の高みへ　　その後の悪夢となるのだぞ
雀斑《そばかす》の胸が夜の星となり顔を埋める　　ああと飛び起き
潮の満ち干　憧れは沖に運ばれてゆく
高揚と情熱の季節の始まり　　工場は海に隣接していて
　　夜勤明けには　階段をどんどん上って
それより、前にみせたでしょ　　高いリアクターから見る
背中の筋彫り
あれから色が入ったよ　　光の瞼が開く
　　波間の向こうから
煙草を吸っているうちに陽が昇ってくる　　海風に弄られ

空が開けていくのを見るのが好きだ　眩しくてたまらない
火を付けてください　世界が瞼を開けて
胸の奥の小さな熾火が燃え上がる　見える物すべてが光の中だ
わたし自身のおぼろげな輪郭が　耳の裏や　頭髪　菜っ葉服
せめて小さな光でありますように　何もかもが燃えてゆく
俺は　俺も　オレンジに染まる　明け方においでよ

M・Sさまへ

あなたのことが心配です
いや　私はこれまでもこれからも自分のことしか考えない
いくらでも露悪的になれますがやめておきます
アル中で性的に問題があります
ということくらい
アル中というのはサインとシグナル
あなたの心にも赤く付いている印鑑だから書きました
あなたについて知っているほんの少しのこと
幼少期に歪に剪定された　と感じているのでしょうか

ほどけない固結びが今もそのままなのか
一番の問題はアルコールなのでしょうか
こんなことを書いているのは私の自己満足なのか

「おねえちゃん、俺は兄弟とちがうか*」

唐突に Bob Dylan であります　天才は力強いね

　われわれは死んで復活し　不思議に救われた
　おねえちゃん、あんたのドアをノックしたら
　そむけなさんな　かなしいから*

やはりこの文章をどこかで読んで欲しい
アルコール依存が問題になっているのなら

ご存じのようにこれは病気であり
完治することはありませんが止め続けることはできます

腕を伸ばしてあなたを揺さぶりたい
食卓につこう
もうぬるい馬の尿などは飲まぬことだ

* Bob Dylan「Oh,Sister」（片桐ユズル訳）より部分引用。

M・Sさまへ　Ⅱ

どのみち人は死ぬのです。
あれは私。
私も死んでしまう。
遅かれ早かれ。
それはあなた。
死は選ぶものではなく結果です。
なにか胸騒ぎがしていました。
アルコール依存症は病気ですので

精神科にかかることを強くお勧めします。
ご存じでしょうが、死にたいというのも
「自殺念慮」という病状なので、お薬で改善できます。
どうか、お子様や旦那様のためにも生きてください。

誰でもいいので助けを求めてください。
旦那様でも、精神科医でも、命のダイヤルでも……
大量の吐血も、胃潰瘍でしょうか、そちらも心配です。
あまり考えこまないで、ゆっくりお休みください。

生きてください、生き延びてください。

理屈ではないのです。理屈では生きる権利があれば、死ぬ権利も
あるのではと言われれば、言葉に詰まります。

ただ、私はあなたに生きていて欲しいし、そういう方はあなたの周りにもいると思います。また、あなたが死んでしまえば、家族の悲しみはいかばかりでしょう。

私は若い頃は自分が許せないところがあり生きにくかったのですが、年を経るにしたがって、自分を許せるようになってきました。

時間は薬だとよく言いますが、本当のことだと感じます。

このようなアドバイスは私には荷が重いのですが、できるだけ機嫌良く過ごすのが私の理想です。それによって、周りの家族等も明るい気分になればよいなと思います。なんだか見当違いの方向にいっていますね。

なにかもっとうまいことが言えたらと思いますが……

あなたが真剣に悩まれているのはわかります。決断を早まらないでください。自分に猶予期間を与え、その間に体や心のメンテナンスをし、その後でまた考えたらいかがでしょうか。

アルコールへの依存がひどい場合はまずその治療をしなければいけません。けっこう治癒の難しい病気とされています。

思うにあなたはいま、ものを考えたり決断できる状態ではない。だとしたらいっそう早まってはいけません。
生きている限り死を選択できますが、
死んでしまったらもう二度と生を選択できないからです。

「生きる意味とはなにか？　なぜ死んではいけないのか」。厳しいかもしれませんが、この質問の答えは他人から教えられるものではなく、みずから導き出すものでしょう。

逆に死ぬ意味とは何でしょうか、
死は逃避ではなく結果です。

生きた結果が死であり、死はやり直せない結果です。
あなたには満足ある人生を送って欲しいのです。

M・Sさまへ　Ⅲ（み空）

空の高みのその上で
鐘が鳴ったよ
小さな約束のような音で
かすかにひそかに
それは祝福の音

シロン　ハロン　ロン　シロン

犬の目　黒目　白目はちょっぴり

天を見上げて
それを聞いた

あなたの足を舐めた
季節の舌
あの夏の波は
今もあの夏の日の渚を濡らす
繰り返し
拍手のような潮騒

ととと
子供が歩く
たたた
子供が走る

海原を
あなたの子供たちが

ベッドで眠るあなたへ
もう少しすれば町を歩けますよ
治療の一環として皆と一緒に

雲は野に散れ
花は咲け
花ならば
瞼を開くように

空の高みから
それは祝福の音

シロン　ハロン　ロン　シロン

それは光り
目覚め
そして見よ
町中に命が咲き溢れるのを

墓碑銘

犬として生まれました
愛されて育ち
すくすくと大きくなりました
長じて人となり二本足で歩きました
兵隊にとられ戦争にゆきました
首をたれ舌を出して歩きました

銃弾が体を貫いたとき
とても熱かった

病院のベッドで目覚めました
腕が一本なくなりました

ほとんど眠れませんでした
毛むくじゃらの体を寄せあって眠った兄や妹
貪り啜った生暖かい母の乳房
幸福だった日々を想いました

列車を乗り継ぎ貨物船で帰ってきました
何もかもを売り払い裸で逃げ帰りました
家族も家もなくなっていました

街をうろつき歩きました
犬に戻って残飯をあさりました

野犬の群れには溶け込めませんでした
三本足では上手く歩けません
私は死にました

私は死に　女の子に生まれ変わりました
十五で結婚し
十三匹の仔犬を産みました

うたかた

ほら　空はこんなに薄っぺらい蝶の翅
開閉し　反転する影絵だね
鳥影は擦り切れた音盤の中を飛び
歳月もぐるぐる回って過ぎてゆくのです

収穫の秋に子供が生まれ
子供は春には走りまわりました
子供は犬を飼い
何処に行くにも一緒に連れまわしました

生き　そして　死にました
あの人を愛しました
あの人にあうときは　なにごともうわの空
駆け出して　胸に飛び込みました
あの人は毛並みにそって撫でてくれた
ひっくり返ってみる
でんぐり返ってみる
あの人の胸の中で

病院のベッドで目を覚ましました
手術を受けるそうです
病院を抜け出して映画を観にゆきました
サーフィンの映画でした

スクリーンに海が映りました
ああ　なんという美しさでしょう

晩年

十六歳になった
最近は寝てばかりである

いつの頃だったろう
俺は旅に出たものだ
コスモスが恋愛のように狂い咲き
風を切って
尾を振って
胸の内は嵐のようだった

ポーと汽笛がなり
どこへゆくのだろう
真っ黒な汽車を見送った
野の草はそよぎ光がはじけた
陽は陰り黄昏を伝い走った
俺の中にいる犬がハアハアと舌を出して喘いだ

俺は見たのだ　十六回の夏を
どの夏も暑かった

季節は巡る
俺は受け入れた
じしばり　いぬのふぐり　どくだみ　えのころぐさ

こども　おんな　ゆうやけ　かもめ　すなはま
地球の発信するメッセージを三角の耳で受信した
舐めたり　齧ったり　蹴っ飛ばしたり
世界は匂いでいっぱいでした
俺は季節を駆け抜けた

俺が噛みついたすべてのことを愛します

歳月

死んだ父が縁側で煙草を吸う夜明け
私と犬であるお前は蒲団から這い出し散歩に出かける。
お前は自分のものではないおしっこの匂いを嗅ぐのに忙しく
私は私で　まだ目覚めていない頭のなかの道を歩く。
ふと気づくとお前は立ち止まり
困った顔をしてうんちの最中だったりするのだが。

父について――
自分の家庭を持ってからは父とは同居しなかった。

それは彼と過ごした具体的な時間としての事実である。
気の小さい真面目な男だった。
かわいそうな人だったと思う。
自分の妻と　妻と折り合いの悪い母を愛し
時に彼の大きな不安の種だったであろう
私を叱りつけることさえ出来なかった。
彼が何を夢み何を楽しみに生きたのか私は知らない。
勿論そのようなものがあったならの話であるが。

父が亡くなって久しくして
私は私の諸事情と母の老齢を考え父の家に帰ってきた。
私の妻と一匹の犬を引き連れて。
私の息子たちはそれぞれもう巣立っている。

日のあたる小さな縁側が父の晩年の定位置だった。
そのごく細い板敷きに小さなテーブルを押しこみ
珈琲が好きだった
下手くそな墨絵を描いた
あとは　何をしていたのだろう。

父が縁側で煙草を吸う夜明け
私と犬であるお前は蒲団から這い出し散歩に出かける。

散歩から帰る頃には父の姿はない。

夜の火事

火を放たれ逃げる魚の群れが空を泳ぐ
焦げて捲れる夜の壁紙
十二月の強風に煽られすべてが燃えてゆく
後になって　あれも　これもと
思い悩むことになる大事なものすべてが

俺は怯えながら立ち尽くす
炎を見ろ　その音を聞け
ものを言うな　夢を見るな

熱いものを無理に飲み込んでいる
これが現実なのだと頬が赤らむ

隣家より出火した火は我が家に燃え移った
俺は母を起こし犬を抱きかかえ
救い出した僅かな荷物を車に積み込み
放水中の消防のホースを踏み越えた
車はスーパーの駐車場に入れた
そうして妻と近くまで戻り
野次馬に混じって自分の家が燃えてゆくのを見ていた
四棟が全焼　二棟の壁面を焦がす大火事だった

上手く感想は言えない
俺はそれを見ていたのだ

善悪を無視して火はいつまでも燃え続けた
人々を明るく照らした
火の粉が盛大に舞い近隣の人は右往左往した

外は大風でした
赤く染まる夜がありました
火が成し遂げるすべてを見ていました

晩夏

夢の中で母を殺したのに
朝になったらまだ生きている

包丁で何度も刺して
ゴミ集積所のようなところに捨てた
シャベルでゴミを深くかぶせたので
見つかることはないであろう

死んだ母の作った朝ご飯を食べて学校へ行く

友人たちは母が死んだことを知らない

学校から帰ると母はいない
宿題をしていると警察官が二人訪ねてきた

最近　母を見かけなくなったと
近所の人が通報したのだという

母はゴミ集積所のようなところに捨てた
シャベルでゴミを深くかぶせたので
見つかることはないであろう

警察官はいろいろと質問をするが
何も知らないと繰り返すと

しぶしぶ帰っていった

このところ雨が降り続き
急に涼しくなった
夏は終わったのだろうか
それともまた
暑い日々はぶり返してくるのかしら

わたしはカーテンに火を付けた

わたし・わたし

わたし・犬は走る
巡る季節の中を走り抜ける
春風の礫は鼻先で弾けろ
雪の日だって冷たい空の底を
抜きつ抜かれつ走り
犬はわたしを追い抜き走り去った

わたし・姉・従妹の百合子・さっちゃんは
草原で白詰草の首飾りを作った

ゴム飛びをした
薄暗い押入れで従妹とお互いを見せ合った
何処へ行くにもくっついていたわたしを
四つ違いの姉はどう思っていたのか

わたし・父は煙草の臭い
わたしはセブンスター
父は何でも吸った
わたしを怒ったことが一度もなかった
父もわたしを追い抜き走り去った
あなたの延命措置を断ったのはわたしです
最近　鏡をみるとあなたによく似てきたと思うのです

祖母は物語である

祖母の母親は幼い祖母を置いて男と満州へ逃げた
祖母は苦労して育ち
僻みっぽかった
四人の男の子を産み
長男は私の母と結婚して
母は姉とわたしを産んだ
祖母と母は折り合いが悪くわたしの性格は歪んだ
わたしは最近になり二人を許すことにした

わたし・母　と呼べるのはいつ頃まで であろうか
覚えていないがわたしは彼女のお腹の中にいたのだし
わたしは愛されて育ったのだと思う
寝る前に本を読んでくれた
寒い冬は布団の中でわたしの脚は彼女の股の間にあった

器用な人で和裁の仕立てなどして家計を助けた
子供の服を手作りした

わたしもまた物語である
妻と二人の息子を作った
三人の孫がいる
癌になり
アル中になり
苦労して酒を止めた
隣家より出火し我が家に燃え移り全焼した
清掃のアルバイトをし
わずかな日銭を稼ぐ
夜になればパソコンを開き詩を書く

わたし・わたし
そこにいるのですか
ここにいる
確かに存在している
何者でもないわたしがいる
それならそれでよい
選択肢などないのだ
鳥達は空を住処とし
野辺の花は香る
わたしは風の中で生きよう
わたしの気持ちなどもうどうでもよいのだ
風に背を押され歩いて行く

あとがき

一分間の真っ暗な画面の後
「何やってんだよ、映画館の暗闇の中で、
そうやって腰掛けて待ってたって何も始まらないよ」
と、若い男が観客に語りかける。
映画「書を捨てよ町へ出よう」
寺山修司監督　一九七一年のオープニングだ。
彼のモノローグは続き観客を挑発する。
あんまり驚いたのでそれ以降の映画の記憶が薄い。
「待ってたって何も始まらないよ」

私は六十四歳にして詩集を刊行する。


ご指導いただだいたネット詩誌「MY DEAR」のレギュラーメンバーの皆様、また今回の詩集に対して格別なお世話&チェックをしてくださった島秀生さま、本当に感謝しています。

土曜美術社出版販売の高木祐子さまにスペシャルサンクスを。

多くの皆様のお力添えがあって詩集を編むことが出来ました。

お礼申し上げます。

二〇二三年十一月

滝本政博

著者略歴
滝本政博（たきもと・まさひろ）

1959年生まれ
所属　ネット詩誌「MY DEAR」
詩誌「凪」同人
詩誌「ココア共和国」へ隔月寄稿

詩集『見える物すべてが光の中だ』（私家版20部・2019年）
詩誌「ココア共和国」にて第三回秋吉久美子賞受賞（2023年）

現住所　〒470-2406　愛知県知多郡美浜町河和北田面24-6
メールアドレス　u7mjy53y@tac-net.ne.jp

詩集　エンプティチェア

発行　二〇二三年十一月十日

著者　滝本政博
装幀　直井和夫
発行者　高木祐子
発行所　土曜美術社出版販売
〒162-0813　東京都新宿区東五軒町三—一〇
電話　〇三—五二二九—〇七三〇
FAX　〇三—五二二九—〇七三二
振替　〇〇一六〇—九—七五六九〇九
印刷・製本　モリモト印刷

ISBN978-4-8120-2814-8　C0092